LES AVENTURES EXTRAORDINAIRES DE
Ulysse

Vivian Webb
et Heather Amery

Adaptation de Katie Daynes

Illustrations de
Stephen Cartwright

Texte français de Claudine Azoulay

Éditions
SCHOLASTIC

Table des matières

Chapitre 1 Un cheval de bois   3

Chapitre 2 Le Cyclope   12

Chapitre 3 Circé la magicienne   24

Chapitre 4 L'appel des sirènes   36

Chapitre 5 Le monstre du tourbillon   40

Chapitre 6 La revanche du dieu de la mer   44

Chapitre 7 Enfin de retour   48

Chapitre 1

Un cheval de bois

Il y a longtemps, un prince troyen a enlevé Hélène, une princesse grecque. Il l'a emmenée dans sa ville, Troie. Un roi grec, nommé Ulysse, a alors décidé sans hésitation de prendre la mer avec d'autres rois grecs et leurs armées afin de délivrer la princesse.

Au secours!

Ulysse et les soldats se sont retrouvés face à face avec les Troyens, à l'extérieur de la ville. Les Grecs ont combattu courageusement.

Mais l'armée troyenne n'était pas leur seul obstacle. La ville de Troie était protégée par d'immenses murs.

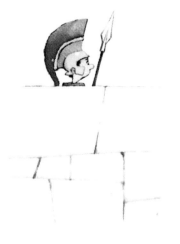

Les armées grecques ont combattu les Troyens pendant dix ans, sans jamais réussir à entrer dans Troie.
Après des centaines de batailles et des milliers de blessures, elles n'ont toujours pas réussi à délivrer Hélène.

Mais Ulysse
n'a pas voulu
abandonner.
Il a imaginé
une ruse
ingénieuse.

Le lendemain, à leur réveil, les Troyens
ont eu une surprise. À l'extérieur des
murs de la ville, le campement grec avait
disparu. À sa place se dressait un cheval
de bois géant.

Tous les navires grecs sans exception avaient disparu eux aussi.

– On a gagné, on a gagné! se sont écriés les habitants de Troie.

Ils ont fait rouler le cheval de bois jusqu'à l'intérieur de la ville et ont festoyé jusqu'à minuit.

Les Troyens l'ignoraient, mais Ulysse et ses hommes étaient cachés à l'intérieur du cheval de bois.

C'est bon!
La voie est libre.

Pendant que tout le monde dormait, ils sont descendus par une échelle de corde. Puis ils se sont faufilés jusqu'aux portes de la ville et les ont ouvertes.

Dehors, le reste de l'armée grecque les attendait.

Les soldats étaient revenus à Troie en bateau, à la faveur de la nuit.

Le matin, au réveil, les Troyens ont vécu un vrai cauchemar.

Ils ont tenté de combattre, mais les soldats grecs les ont tous tués.

Puis les Grecs leur ont volé leurs
trésors, ont incendié les bâtiments
et ont délivré Hélène. La guerre
de Troie était terminée.

Mais pour Ulysse et ses hommes,
les aventures ne faisaient que
commencer...

Chapitre 2

Le Cyclope

Les rois grecs se sont partagé les trésors. Puis tous les navires ont repris la mer pour rentrer chez eux, mais Ulysse et ses compagnons se sont perdus en route.

Après avoir passé deux semaines en mer, ils ont accosté sur une île, en quête d'eau et de nourriture. Il ne leur restait plus que du vin, qu'ils avaient apporté.

Au sommet d'une falaise, ils ont découvert une caverne. L'endroit était rempli d'énormes fromages et de grands baquets de lait. Les hommes ont appelé, mais il n'y a pas eu de réponse.

– Entrons et mangeons, a dit Ulysse. Et après, on attendra le propriétaire.

Tandis que les hommes mangeaient, une ombre est tombée sur eux. Ils ont levé les yeux et vu un géant doté d'un seul œil : un Cyclope.
Il a conduit ses moutons dans la caverne, puis a fait rouler un rocher devant l'entrée, enfermant les hommes à l'intérieur...

Son œil unique et énorme a fixé les Grecs.

– Qui êtes-vous? a-t-il rugi.

Alors qu'Ulysse tentait de lui donner une explication, le Cyclope s'est emparé de deux hommes.

Il les a écrasés dans ses poings et les a dévorés tous les deux.

Puis il a fait un rot bruyant, s'est couché et s'est endormi. Les hommes ont supplié Ulysse de tuer le géant avant qu'il ne les dévore eux aussi.

Vous pourriez le poignarder maintenant.

– Non, a répondu Ulysse, leur roi sage. Si je le tue, qui va déplacer ce lourd rocher et nous libérer?

17

Le lendemain matin, le Cyclope est
sorti de la caverne. Il a remis le lourd
rocher en place, emprisonnant les
hommes à l'intérieur.

Ulysse et ses hommes devaient
trouver une idée rapidement.

Quand le Cyclope est revenu, Ulysse
lui a offert du vin.
– Quel est ton nom? lui a demandé le
géant.
– Personne, a répondu Ulysse en lui
versant plus de vin.

– Quel drôle de nom, a répliqué le
Cyclope en riant.
Puis il s'est endormi.

Ulysse a alors saisi un pieu qu'il avait aiguisé et caché. Il en a fait chauffer le bout dans le feu.

À pas de loup, les hommes se sont approchés du géant et ont enfoncé le pieu rougi dans l'œil du Cyclope.

Celui-ci a hurlé de douleur. Tous les habitants de l'île ont accouru pour voir ce qui se passait.

– Personne m'a blessé, s'est écrié le Cyclope. Personne a crevé mon œil et je ne vois plus!

– Si personne ne t'a blessé, arrête donc de pleurer comme un bébé, ont répondu les autres géants avant de s'éloigner.

Aveugle et fou de rage, le Cyclope a retiré la roche de l'entrée. Il a attendu que les Grecs sortent, mais Ulysse avait déjà planifié leur fuite.

Chaque homme était attaché sous le ventre d'un mouton. Tout ce que le Cyclope touchait, c'étaient des cornes et de la laine.

Le géant a compris trop tard qu'on
l'avait trompé. Ulysse et ses
compagnons s'étaient déjà enfuis.

Chapitre 3

Circé la magicienne

Les Grecs ont repris la mer en riant.
Mais ils venaient de se faire un nouvel
ennemi : le père du Cyclope, Poséidon.

Poséidon était le dieu de la mer. Il
détestait Ulysse et son équipage,
car ils avaient blessé un de ses fils.

Je me
vengerai.

– Ils ne rigoleront pas très longtemps,
a-t-il dit avec hargne.

Bientôt, le bateau d'Ulysse a accosté sur une autre île. Ulysse a divisé ses hommes en deux groupes.

Qui veut aller explorer l'île?

Un homme, Euryloche, devait diriger la moitié de l'équipage et partir en quête d'eau et de nourriture. Ulysse resterait avec les autres hommes pour surveiller le bateau.

26

Euryloche et ses hommes ont marché pendant des heures. Ils n'ont rien trouvé à manger ni à boire et n'ont pas rencontré âme qui vive.

Finalement, l'un des hommes a aperçu une mince volute de fumée, au-dessus des arbres.

La fumée les a menés à un palais habité par une jolie femme.

La dame les a conduits dans une grande salle. Un banquet était dressé sur la table.

– Vous êtes mes invités, leur a dit la dame. Je vous en prie, servez-vous!

Entre deux bouchées, un homme a demandé à la dame quel était son nom.

– Je suis Circé, a-t-elle répondu en remplissant les coupes de vin.

Les Grecs ont beaucoup bu, mangé et chanté. Ils n'ont pas remarqué l'absence d'Euryloche.
Ne faisant pas confiance à Circé, Euryloche était sorti pour épier la scène. Ce qui s'est passé par la suite l'a horrifié.

D'un coup de baguette magique, Circé a changé les hommes en porcs!

Euryloche a couru jusqu'au bateau.
Il a raconté ce qu'il avait vu.

Ai-je bien entendu?

Nos hommes sont devenus des porcs!

Sans attendre, Ulysse est parti libérer
ses amis.

30

En chemin, Hermès, le messager des
dieux, a volé jusqu'à lui.

– La déesse Athéna t'envoie cette fleur
magique, a-t-il dit à Ulysse. Mange-la
et tu seras protégé contre la magie de
Circé.

Au palais, Circé a invité Ulysse à prendre un verre de vin. À l'insu de son invité, elle a versé du poison dans sa coupe.

Ne craignant pas la magie de Circé, Ulysse a bu le vin.

Puis Circé lui a donné un coup de baguette et il a sursauté.

– Ta magie diabolique ne peut pas m'atteindre, s'est-t-il écrié. Et maintenant, conduis-moi auprès de mon équipage.

Au secours!
Ma magie n'a pas fonctionné.

Circé était effrayée. Elle l'a conduit sur-le-champ à la porcherie.

Circé a versé une potion sur le groin
des porcs. Comme par enchantement,
ceux-ci sont redevenus des hommes.

Les hommes avaient peur de Circé.
Mais elle leur a promis de ne plus leur
jeter de sort, sinon Ulysse la tuerait,
elle le savait.

Elle a préparé un grand banquet qui a duré toute une année. Les hommes restés sur le bateau se sont joints aux autres.

> Si seulement vous pouviez rester pour toujours.

Quand les hommes ont décidé de partir, Circé était très triste. Elle était tombée amoureuse d'Ulysse. Elle leur a donné de la nourriture et les a avertis des dangers qu'ils risquaient d'avoir à affronter.

L'appel des sirènes

J'aperçois un autre bateau.

Le prochain défi des Grecs était de dépasser l'île des Sirènes. C'était plus difficile que ça ne semblait.

36

Les sirènes étaient des nymphes de la mer. Elles ensorcellaient les marins par leurs chants magnifiques. Ainsi, les hommes se rapprochaient de plus en plus de l'île jusqu'à ce qu'ils s'échouent sur les rochers et coulent.

Circé avait mis en garde Ulysse contre les sirènes. Il savait exactement ce qu'il fallait faire.

Il a découpé des morceaux de cire d'abeille et les a distribués à ses hommes pour qu'ils se bouchent les oreilles.

Mais Ulysse voulait savoir ce qui rendait le chant des sirènes si exceptionnel. Il a demandé à ses hommes de l'attacher solidement au mât du bateau.

Quand les sirènes ont commencé à chanter leurs merveilleuses mélodies, seul Ulysse était envoûté.

– Détachez-moi! a-t-il supplié.

Mais ses marins ont continué à ramer puisqu'ils n'entendaient rien.

Quels grossiers personnages!

Les sirènes ont été étonnées de voir le bateau grec poursuivre sa route sans mettre le cap sur leur île.

Chapitre 5

Le monstre du tourbillon

Une fois qu'ils se sont crus en sécurité, les marins ont retiré les bouchons de leurs oreilles et ont détaché leur chef.

Soudain, un rugissement d'eaux furieuses s'est fait entendre. Les marins allaient être engloutis dans un tourbillon.

– Plus fort, les gars! a hurlé Ulysse. Restez près de la falaise!

Les hommes étaient si occupés à éviter le tourbillon qu'ils n'ont pas vu le monstre à six têtes sortir d'une caverne creusée dans la falaise.

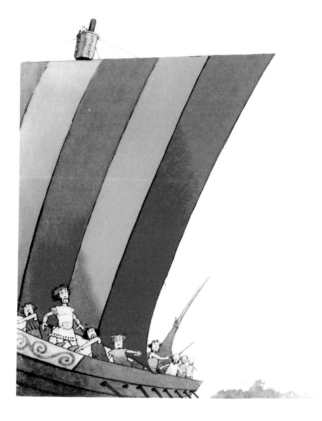

Le monstre s'appelait Scylla; il était affamé.

Les six cous du monstre se sont étirés au-dessus de la mer et chaque bouche a emporté un homme.

Les hommes ont demandé grâce, mais le monstre les a tous avalés.

Chapitre 6

La revanche du dieu de la mer

Pour s'éloigner de Scylla, les Grecs terrifiés ont ramé le plus vite possible. Mais un violent orage s'est déchaîné et a brisé le mât en deux. C'était Poséidon qui prenait sa revanche.

Puis une vague géante a submergé le bateau et tous les hommes se sont noyés, sauf Ulysse. Il s'est agrippé au mât brisé et a atteint, on ne sait comment, le rivage.

Le lendemain matin, une princesse l'a trouvé évanoui sur le sable. Elle l'a amené chez son père, le roi.

Ulysse a raconté toutes ses
mésaventures au roi.
– Je vais vous aider, lui a promis ce
dernier. Un de mes navires vous
ramènera chez vous ce soir.

Ne vous inquiétez
pas. Votre île n'est
pas loin d'ici.

Ulysse s'est endormi sur le bateau du roi.
Une fois arrivés sur l'île d'Ulysse, les
marins l'ont transporté sur la plage.

Au même moment, Poséidon naviguait
par là, sur son char.

– Ulysse aurait dû mourir pendant
cet orage, a-t-il grommelé. Je punirai
ceux qui l'ont aidé.
Et il a transformé
le bateau du roi
et ses marins
en pierre.

Chapitre 7

Enfin de retour

Pour la première fois en vingt ans,
Ulysse s'est réveillé sur son île natale.
Une femme l'observait.

– C'est la déesse Athéna! a murmuré
Ulysse.

– Vous ne pouvez pas encore rentrer
chez vous, lui a-t-elle dit. Vous êtes
parti depuis si longtemps que tout le
monde vous croit mort.

Les choses
ont changé.

Beaucoup d'hommes vivent au palais
maintenant. Ils veulent épouser votre
femme Pénélope et tuer votre fils
Télémaque.

Athéna avait un plan. Elle a demandé à Ulysse de se déguiser et l'a envoyé dans la cabane du porcher.

Le porcher a pris Ulysse pour un mendiant affamé. Il lui a offert de la nourriture et lui a fait la conversation.

Ensuite, Athéna a envoyé le fils d'Ulysse, le prince Télémaque, dans la même cabane. Quand le porcher est sorti de la pièce, Athéna a fait disparaître le déguisement d'Ulysse grâce à sa magie.

Papa?

Télémaque ne voyait plus un mendiant. Il voyait son père!

Puis Ulysse et son fils se sont mis tout de suite à chercher comment sauver Pénélope et le royaume.

Le lendemain, Ulysse s'est rendu au palais en compagnie du porcher. Une fois de plus, il était déguisé.

Le palais du roi Ulysse? C'est là-bas.

Ulysse a fait semblant de mendier dans la grande salle. Des douzaines d'hommes participaient à un banquet et se vantaient de pouvoir épouser la reine Pénélope.

Ils n'ont donné que quelques miettes à manger à Ulysse.

– Va-t'en, sale mendiant, lui ont-ils dit.

Quand la reine Pénélope a appris qu'il
y avait un mendiant dans le palais, elle
a demandé à sa servante de le faire
venir.

« Il a peut-être des nouvelles
d'Ulysse! » a-t-elle songé.

– Ne soyez pas triste, votre époux est
très près de vous, a dit Ulysse en se
cachant le visage, car il ne voulait pas
que Pénélope le reconnaisse.

De façon inattendue, la déesse Athéna a fait naître une idée dans la tête de Pénélope.

Cette nuit-là, Ulysse a dormi sur le plancher de la grande salle.

Le matin, les hommes sont arrivés, comme d'habitude. Ils ont été surpris de voir la reine Pénélope porter l'arc d'Ulysse.

– Messieurs, a-t-elle annoncé,
j'épouserai l'homme qui sera capable
d'utiliser cet arc. Tout ce qu'il faut
faire, c'est tirer une flèche qui
passera au milieu de ces douze
haches.

Elle a donné l'arc à une servante, puis
a quitté la salle.

Tous les hommes voulaient montrer leur force et gagner la reine.

Ils essayaient et essayaient encore, mais aucun n'arrivait à placer la corde sur l'arc.

Quand les hommes ont finalement
abandonné, Ulysse s'est avancé.

Les hommes ont éclaté de rire,
mais Ulysse les a ignorés. Il a
empoigné l'arc,
y a placé la corde
et a tiré une flèche
exactement au
milieu des haches.

Les hommes sont restés stupéfaits quand Athéna a changé les haillons d'Ulysse en ses vêtements habituels.

Je suis le roi Ulysse et je suis venu réclamer mon royaume!

Ulysse et Télémaque se sont battus contre tous les hommes qui voulaient s'emparer du royaume.

Les hommes ont tenté de fuir, mais les portes étaient fermées. Ulysse et son fils les ont tous tués.

Ayant appris ce qui se passait,
Pénélope s'est précipitée dans la salle.
Cet homme serait-il réellement Ulysse?
Ou bien les dieux joueraient-ils un tour
à la reine?

C'est moi,
ma chérie.

Comment
puis-je en être
sûre?

Pénélope a fait un dernier test. Elle a
demandé à sa servante de sortir son lit
de sa chambre, pour que l'étranger
puisse s'y reposer.

– Mais c'est impossible, a dit Ulysse.
J'ai construit cette chambre autour
d'un grand olivier et le lit fait partie de
l'arbre!

– Oh, Ulysse, c'est bien toi! s'est écriée
Pénélope avec un sourire.
Après des années de voyage et de
soucis, la famille était enfin réunie.

L'histoire d'Ulysse a été écrite il y a environ
3 000 ans par un poète grec, Homère.
Dans ce récit ancien, intitulé *L'Odyssée*,
Ulysse porte son nom romain. Son nom
grec est Odusseus.

Conception graphique : Katarina Dragoslavic
En remerciant Luke Taylor

Catalogage avant publication de Bibliothèque et Archives Canada
Webb, Vivian
Les aventures extraordinaires de Ulysse /
renarré par Vivian Webb et Heather Amery ; adaptation de Katie Daynes ;
illustrations de Stephen Cartwright ; texte français de Claudine Azoulay.
(Petit poisson deviendra grand, niveau 4) Traduction de:
The amazing adventures of Ulysses.
Pour les 7 à 10 ans.
ISBN 978-1-4431-0918-5
I. Amery, Heather II. Daynes, Katie III. Cartwright, Stephen, 1947-
IV. Azoulay, Claudine V. Titre. VI. Collection:
Petit poisson deviendra grand (Toronto, Ont.)
PZ23.W426Av 2011   j823'.914   C2010-905927-1

Édition publiée par les Éditions Scholastic,
604, rue King Ouest, Toronto (Ontario) M5V 1E1,
avec la permission d'Usborne Publishing Ltd.
5 4 3 2 1   Imprimé à Singapour 46   11 12 13 14 15

Dans la collection
PETIT POISSON DEVIENDRA GRAND

NIVEAU 4

Crocodile casse-tout
Dracula
L'incroyable cadeau
Le fantôme du parc
Le jardin secret
Les aventures extraordinaires d'Hercule
Les aventures extraordinaires d'Ulysse